MHARESSA

(Ide)ntidade

Preparo de originais: Gabrielle Antunes
Revisão: Gabriel Branco
Diagramação: Luisa Bruno
Capa: Hugo Breves
Ilustração: Duda Mendes

Catalogação na publicação
Elaborada por Bibliotecária Janaina Ramos – CRB-8/9166

O48c

Oliveira, Mharessa

(Iden)tidade / Mharessa Oliveira. – Rio de Janeiro: Ases da Literatura, 2022.

103 p., il.; 14x21 cm

ISBN 978-65-84870-07-9

1. Romance. 2. Literatura brasileira. I. Oliveira, Mharessa. II. Título.

CDD 869.93

Índice para catálogo sistemático

I. Romance: Literatura brasileira

www.asesdaliteratura.pt

MHARESSA

(Ide)ntidade

AUTOVOO

Sumário

Introdução

Olá, minha cara leitora, ou leitor (sim, você rapaz também é bem-vindo por aqui)!

É com muito entusiasmo que eu quero iniciar este livro, mas primeiro vou me apresentar e contar um pouco da minha história. Vai ser breve, prometo, pois o que quero mesmo é papear sobre diversos assuntos e refletir junto com você sobre temas do nosso cotidiano, dentro de uma perspectiva cristã. Vamos nessa?

Se você não me conhece, prazer, eu sou a Mharessa. Nasci em uma cidade pequena chamada Itabirinha, entre Minas Gerais e Espírito Santo, no dia 19 de Abril de 2002.

Sempre fui uma menina alegre, cheia de sonhos, que ama viajar e conhecer novas pessoas. Sou daquelas que topa qualquer coisa e que é capaz de tirar de si própria para dar àqueles que precisam. Mas, também, como humana que sou, erro e tenho as minhas inseguranças. Dependendo da ocasião e ambiente, posso falar pouco ou muito e sou BEM chorona... Equilibro é tudo, né?! (Rsrs)

Minha carreira começou muito cedo, aos dez anos de idade eu já trabalhava como atriz. Minha mãe deixou tudo para trás para viver os meus sonhos comigo, e desde então tem sido assim todos os dias, e bom... Eu amo!

Atualmente, a minha principal fonte de renda é a criação de conteúdo no Instagram, mas também atuo e canto, que são as duas coisas que eu mais gosto de fazer na vida.

Já estive em alguns filmes que estão disponíveis em plataformas digitais, mas meu sonho mesmo é me ver na telinha de um cinema. Algum dia, quem sabe...

Meu primeiro papel e contato com a TV foi na novela Carrossel, quando eu ainda tinha dez anos. Fiz uma pequena participação na novela e foi mágico. Foi a minha primeira vez em um estúdio, com várias câmeras na minha frente e mais de cinquenta pessoas ao redor, cada uma desenvolvendo o seu papel para tornar aquilo real. Depois desse dia, eu me apaixonei pelo universo da televisão e soube que era ali onde gostaria de estar, sabia que um dia pisaria ali novamente. E bom, aconteceu.

Aos 13 anos voltei a trabalhar no SBT, dessa vez na novela inteira. Foram dois anos muito especiais onde pude aprender bastante, e isso literalmente mudou a minha vida. Foi esse trabalho na novela Cúmplices de um Resgate, que trouxe grande visibilidade para minha carreira e, posso apostar, a maioria de vocês que estão lendo este livro devem me conhecer por causa dessa atuação. Eu não tinha uma "personagem", e sim era a sósia da protagonista, que interpretava duas irmãs gêmeas.

Foi muito desafiador para mim, pois diferente do que as pessoas pensam, eu trabalhava muito e, mesmo que meu rosto não aparecesse, precisava saber todas as falas das duas personagens, saber como cada uma andava, se portava, agia, se vestia... tudo precisava ser impecável, e foi. Tanto que, depois dessa novela, muitas portas se abriram para mim.

Desde então, já gravei três filmes, dublei uma animação da DreamWorks, fiz algumas peças por São Paulo, comecei a cantar e lançar minhas músicas, e hoje sigo conciliando a minha carreira na música, TV e internet.

Nesse ramo artístico, tive acesso a muitas pessoas e oportunidades que me deslumbraram por algum tempo. Afinal, que criança/adolescente que tenha contato muito cedo com esse mundo da fama não teria seus olhinhos brilhando com tanta notoriedade? Comigo não foi diferente.

Foi então que eu conheci a Deus, o Autor da vida, e percebi que nada do que eu tinha vivido até ali se comprava com os planos que Ele tinha escrito para mim. Comecei a caminhar com Ele e conhecê-Lo mais e mais, sendo, assim, atraída a ser quem Ele me fez para ser e a fazer o que Ele me designou para fazer.

Cada dia na presença desse Deus tem sido maravilhoso. Poder descobrir quem sou e qual o meu propósito tem sido, de verdade, o meu grande prazer. E um desses propósitos é este livro.

Sabia que escrever este livro não estava em meus planos? Se dependesse de mim, eu não estaria aqui digitando esta conversa introdutória para vocês, muito menos revelando coisas a meu respeito que vocês lerão no decorrer dos próximos capítulos.

Algum tempo atrás, Jesus revelou a uma amiga (que não era nem amiga nessa época) que eu escreveria um livro e que, através dele, muitas vidas seriam transformadas, em especial vidas de garotas. Na hora que eu recebi aquela mensagem, achei uma loucura. Eu? Um veículo da mensagem do Senhor?

Pois bem, depois de pouco mais de um mês, eu recebi o convite da Editora Ases de Literatura para escrever um livro, e na mesma hora eu lembrei do que Jesus havia me entregue por meio daquela moça. A partir disso, eu aceitei esse desafio (sim, é um desafio para mim), mas tem sido uma grande alegria poder ser usada pelo Espírito Santo para escrever este livro para vocês.

Por isso, desejo de todo coração que este livro te ajude nas suas questões pessoais, servindo de ponte até Jesus, pois é nEle que você encontrará todas as respostas e, principalmente, o alívio que você tem procurado.

Que Jesus te encha e testifique em seu coração a verdade sobre QUEM ELE É e também sobre QUEM VOCÊ É.

Espero que você se identifique com o que vai ler agora, que você possa sentir Jesus de maneira sobrenatural e que isso mude a sua vida.

Boa leitura.

– Mharessa.

Capítulo 1
Identidade

* QUEM É VOCÊ *

Quero começar esse capítulo te perguntando:

Você já parou para pensar o que o mundo espera de você? Quem ele espera que você seja e como ele deseja te moldar para atingir a "perfeição"?

Bem, saiba que a sociedade vai fazer de tudo para te transformar naquilo que ELA quer que você seja, e não em quem você realmente nasceu para ser.

O mundo vai sempre te exigir mais e pressionar mais, pode apostar... As pessoas vão te cobrar por mais produtividade, mais status, uma perfeição física e, no fim, se as coisas não saírem exatamente como eles querem, sabe o que irão dizer?

"Você não precisa se cobrar tanto."

"Dinheiro não é tudo."

"Você já foi melhor antes."

"Por favor, seja mais natural."

Vai entender…

Esses são relatos de uma pessoa que já passou por isso. Quem? Eu! Prazer.

E decidi abrir com esse tema por saber que não estou sozinha nessa. É só abrirmos as redes sociais para vermos essa realidade de cobrança e excesso de padrões. E nem precisa ser famoso para sofrer esse tipo de pressão, pois ela está presente nos mínimos detalhes do nosso dia a dia.

* COMPARAÇÕES *

Para vermos o quão real isso é, basta fazermos uma breve comparação da vida real x redes sociais.

Quantas vezes já vimos pessoas se comparando umas com as outras para ver quem tem o melhor corpo? Mas aí eu te pergunto: quem decretou que aquele tipo de corpo seria o ideal ou o mais bonito? Ou melhor, existe um único tipo de corpo considerado superior ou mais bonito? Não! Definitivamente não.

Falo por experiência própria, pois eu já fui essa garota mergulhada nessa vida de comparação. Vivia confrontando meu físico e intelecto e me frustrei muitas vezes por não estar parecida ou igual à Fulana ou Beltrana. Quantas vezes me autossabotei, colocando em minha cabeça que eu era inferior às outras garotas.

Fui em busca dessa perfeição e sabe o que eu encontrei? Nada. Não encontrei porque ela não existe.

Quem nunca ouviu aquela frase: "Um corpo perfeito é aquele que tem alguém feliz dentro dele"? Hoje, tenho isso como uma grande verdade.

Sabe, precisamos parar de nos diminuir para nos encaixar no padrão da sociedade e entender que mulheres grandes não foram feitas para andarem espremidas em um espacinho qualquer. Você é grande. Você foi feita para ir além, mas primeiro precisa vencer essas vozes que dizem que você não é ou que não pode.

Você já ouviu alguma vez a verdade sobre você? Bom, eu posso te apresentar algumas agora:

* *"Você é toda linda, minha querida; em você não há defeito algum"* **(Cânticos 4:7)**

* *"Mais preciosa que rubis"* **(Provérbios 31:10)**

* *"Você é amada"* **(João 3:16)**

* *"Você é cativante"* **(Cânticos 1:9)**

Depois de ler essas afirmações sobre você, quero que me responda:

O que é mais importante? O que as pessoas dizem sobre você ou o que Jesus declara ao seu respeito?

Temos a mania de enxergar mais o outro do que a nós mesmas. Enquanto isso, o outro não se enxerga também, porém olha para nós. Entende que isso é um ciclo? Podemos e devemos quebrá-lo, e só conseguiremos fazer isso buscando a nossa identidade em Cristo. É nEle que encontraremos quem somos verdadeiramente e, além disso, para o que fomos criadas. Se os seus olhos estão voltados para o que o outro é e faz, e, através disso, você traça seus sonhos e desejos (baseados nos anseios de outros), sinto lhe informar que você será uma pessoa frustrada.

Cada um de nós temos um propósito criado por Deus. Somos únicos, por isso a vida do outro não cabe em você.

Vamos fazer um combinado, beleza? Só entre eu e você: jamais volte a se diminuir ou a se comparar com aquilo que a sociedade determina ser bom, bonito ou perfeito. Entenda que você é muito mais do que isso e nasceu para fazer a diferença! Combinado?

Para que esse compromisso entre eu, você e Deus seja firmado, cole abaixo uma foto sua e escreva ao lado "eu nasci para fazer a diferença", e assine!

Cole a sua foto AQUI

____

____

____

____

____

____

____

* VOCÊ TEM UM PROPÓSITO *

Quando digo que você nasceu para fazer a diferença, refiro-me ao seu propósito de vida.

Sabemos que Deus nos fez à sua imagem e semelhança, porém em cada um de nós Ele destinou um propósito diferente, e o seu SOMENTE VOCÊ pode fazer.

Talvez você não tenha encontrado o seu propósito ainda, percebo isso nas mensagens que recebo de meninas que dizem que não sabem qual é o seu. MAS ELE EXISTE.

Você não nasceu por obra do acaso, mas sim para ser alguém que Jesus te chamou para ser. E olha, digo isso de uma filha de Deus para outra:

Não há alegria maior do que saber o seu propósito e vivê-lo diariamente.

Existem respostas que nós só encontraremos se formos direto à fonte, e essa fonte é Jesus. Se você quer entender sobre o seu propósito, sobre quem nasceu para ser, vá ao único que saberá te responder. Ele certamente te conduzirá.

"E tudo o que pedirem em oração, se crerem, vocês receberão."
(Mateus 21:22)

Você é preciosa e foi chamada para fazer coisas grandiosas. Nunca se esqueça disso!

Em todos os capítulos, deixarei espaços para que você compartilhe comigo o que conseguiu aproveitar dessa nossa conversa. :)

Sobre quem eu sou:

Capítulo 2
Falando sobre ansiedade

* MINHA HISTÓRIA COM A ANSIEDADE *

Se você é do time das mulheres que já sofreu ou sofre com ansiedade, então fique atenta a este capítulo.

Esse é um assunto que nunca expus em lugar nenhum, pois até então não havia me sentido confortável, mas agora quero compartilhar sobre isso com você, minha cara leitora.

Sabe, há algum tempo passei a me reconhecer como uma pessoa ansiosa. Quando me sinto assim, nervosa ou com medo de alguma coisa, chego a machucar o meu couro cabeludo com as unhas até sangrar e formar casquinhas.

Eu nunca tinha tido uma crise de ansiedade, até que recentemente a vivenciei. Bem, como você já deve imaginar, foi horrível!

* A CRISE *

De repente, minha respiração fugiu de controle, sentia o coração tão acelerado que parecia que a qualquer momento sairia pela minha boca. Era como se meu corpo todo estivesse sob pressão e eu mal conseguisse sentir as minhas pernas. Meu corpo tremia e eu não conseguia controlar isso.

Sei que muitas de vocês viveram, e vivem, cenas como essa. Portanto, pode ser que eu tenha acabado de descrever sensações comuns no seu dia a dia. Quero dizer que sinto muito você ter que passar por isso.

Mas agora declaro, no poder do nome de Jesus, que você pode ser curada desse mal e poderá seguir sua vida, contar o seu testemunho e ajudar muitas outras pessoas que sofrem com ansiedade. Amém?!

Coloque a mão sobre este texto, imagine que Jesus perguntou a você "o que queres que eu te faça?", e repita em voz alta: EU DESEJO SER CURADA!

* O QUE É A ANSIEDADE? *

Mas, afinal, o que é a ansiedade?

Trata-se simplesmente de uma preocupação excessiva com o futuro, com algo que ainda não aconteceu (e, muitas vezes, nem vai acontecer). É a necessidade de controlar aquilo que não pode ser controlado.

O amanhã não está ao nosso alcance, e quem nos diz isso é a Palavra de Deus:

"Não andem ansiosos por coisa alguma, mas em tudo, pela oração e súplicas, e com ação de graças, apresentem seus pedidos a Deus."

(Filipenses 4:6)

"Portanto, vos afirmo: não andeis preocupados com a vossa própria vida, quanto ao que haveis de comer ou beber; nem pelo vosso corpo, quanto ao que haveis de vestir. Não é a vida mais do que o alimento, e o corpo mais do que as roupas? Contemplai as aves do céu: não semeiam, não colhem, nem armazenam em celeiros; contudo, vosso Pai celestial as sustenta. Não tendes vós muito mais valor do que as aves? Qual de vós, por mais que se preocupe, pode acrescentar algum tempo à jornada da sua vida? E por que andais preocupados quanto ao que vestir? Observai como crescem os lírios do campo. Eles não trabalham nem tecem. Eu, contudo, vos asseguro que nem Salomão, em todo o esplendor de sua glória, vestiu-se como um deles. Então, se Deus veste assim a erva do campo, que hoje existe e amanhã é lançada ao fogo, quanto mais a vós outros, homens de pequena fé? Portanto, não vos preocupeis,

dizendo: Que iremos comer? Que iremos beber? Ou ainda: Com que nos vestiremos? Pois são os pagãos que tratam de obter tudo isso; mas vosso Pai celestial sabe que necessitais de todas essas coisas. Buscai, assim, em primeiro lugar, o Reino de Deus e a sua justiça, e todas essas coisas vos serão acrescentadas."

(Mateus 6:25-33)

Eu sei, muitas vezes é difícil impedir que nossa mente vagueie para lugares que não deveriam, já que foge do nosso controle.

Particularmente, sou uma pessoa que gosta de controlar as situações. Sinto uma certa necessidade de ter a certeza de que as coisas estão dando certo e ocorrendo da maneira como imaginei. Mas quanto mais perto de Jesus eu estou, mais percebo o quão autodestrutivo isso é, porque as coisas não acontecem de acordo com a nossa vontade, mas sim de acordo com a vontade de Deus que, cá entre nós, é mil vezes melhor. Afinal:

"A vontade dele é boa, perfeita e agradável"

(Romanos 12:2)

Que tal colocar o versículo acima no protetor de tela do seu celular?

* ONDE DEPOSITO A MINHA ANSIEDADE? *

Eu sei que é muito comum criarmos a maior fanfic em nossas cabeças e assim querer que tudo ocorra do nosso jeito, no nosso tempo, por medo de que se for diferente, venhamos a sofrer ou nos decepcionar com o resultado futuro.

Mas como lemos logo acima, em Mateus 6:28, nós vemos Jesus nos ensinando sobre os Lírios do Campo e como Deus, em seu infinito amor, cuida deles e os faz tão belos.

"E eu vos digo que nem mesmo Salomão, em toda a sua glória, se vestiu como qualquer deles."

Se Deus cuida tão bem das aves e das plantas, imagina de nós, os seus filhos amados. E antes que digam: "ah, então você está dizendo que ansiedade é falta de Deus?"...

NÃO! Não é falta de Deus, mas arrisco dizer que é falta de conhecimento sobre o quanto se pode confiar nEle. Afinal, a preocupação termina quando a fé começa.

Sabe, quando entendemos a nossa dependência em Cristo, aprendemos a descansar e abrir mão de todo e qualquer controle que ilusoriamente achamos que temos, para que então Ele possa fazer sua obra em nós.

"Portanto, buscai primeiro o reino de Deus, e a sua justiça, e todas estas coisas vos serão acrescentadas."

(Mateus 6:33)

Preciso dizer mais alguma coisa? Que tal experimentar viver essa realidade de buscar a Deus e deixar que Ele cuide daquilo que não podemos cuidar?

É necessário darmos mais passos de Fé, onde nós dizemos:

"Jesus, eu não sei como isso vai acontecer, eu não sei nem se onde eu estou pisando tem chão, mas eu confio em Ti. Eu coloco o pé e o Senhor coloca o chão. Estamos juntos nessa."

Faça isso, coloque tudo diante Dele e descanse.

Ei, menina, o agora é um presente e é com ele que devemos nos ocupar!

* VIVA O HOJE *

Não dê voz aos seus medos. Não dê atenção àquela voz na sua cabeça que diz: "Você precisa ser aceita pelas outras pessoas".

Não deixe de viver o seu agora preocupada com o que o amanhã reserva para você. Jesus é o seu abrigo e Ele já venceu o mundo por ti. Quando você pensar que está sozinha, lembre-se do Homem que entregou sua própria vida para que você tivesse a chance de viver. Não desperdice isso!

O fardo de Jesus é leve, então sempre que se sentir sobrecarregado, vá até Ele e Ele te dará descanso.

"Lancem sobre Ele toda a sua ansiedade, porque ele tem cuidado de vocês."

(1 Pedro 5:7)

Você crê nisso? Então faça esse oração comigo:

"Pai, aqui estou, prostrada diante de Ti e com o meu coração aberto para te receber. Nesse momento eu abro mão de todo controle que eu já tentei ter um dia e dou espaço para que o Seu agir seja feito em mim. Eu entendo que não sou nada sem Você e a partir de hoje eu reconheço a minha dependência em Ti.

O medo e a ansiedade não me controlam mais! Em nome de Jesus, Amém!"

Onde eu posso depositar a minha ansiedade?

Capítulo 3 Religiosidade

* LEI E GRAÇA *

Você já se perguntou alguma vez sobre o que deve fazer para ser salvo e entrar no céu? Bom, eu já. Antes de conhecer a Palavra de Deus e ser constrangida pela sua Graça, eu imaginava que a salvação estava nas minhas mãos e que eu poderia conquistá-la caso cumprisse todas as "regras" e "leis" que aprendi quando ia à igreja por volta dos meus sete/oito anos.

A Lei veio justamente para nos mostrar o quão pecadores e imperfeitos nós somos. E esse ainda é um assunto muito pautado nos dias de hoje. Alguns defendem a salvação pelo cumprimento da Lei e outros defendem a salvação pela Graça por meio da Fé.

Mas quero junto com você recorrer à Palavra para assim refletirmos melhor nesse assunto.

Em Efésios 2:8-9 vemos claramente o apóstolo Paulo nos ensinando sobre a salvação, e lá ele diz:

"Porque pela graça sois salvos, por meio da fé; e isso não vem de vós; é dom de Deus. Não vem das obras, para que ninguém se glorie."

A Graça é um favor imerecido, é algo que nem eu e nem você somos dignos de receber. É um dom de Deus que independe de nós. Acredito então, baseado no que a palavra de Deus afirma, que somos salvos por meio da Graça e que isso não é conquistado por meios próprios.

* ENTÃO ESTOU LIVRE PARA PECAR? *

Claro que não. A afirmação de que a salvação vem pela Graça não sugere que temos abertura para sermos uma pessoa horrível que só faz o mal e não ama ninguém além de si mesma. Pelo contrário, a partir do momento que entendemos isso, somos impelidos a uma transformação de mente, o que resulta em boas atitudes.

Em Tiago 2, lemos que a fé sem obras é morta, o que significa que uma complementa a outra. As boas obras são frutos de quem nós somos em Jesus.

A partir do momento que nós nos tornamos imitadores de Cristo, é impossível nossas ações não resultarem em boas obras. Porém, é importante entendermos que NÓS NÃO MERECEMOS A SALVAÇÃO, pois somos pecadores, imperfeitos e erramos o tempo todo, mas CRISTO, EM SUA TAMANHA MISERICÓRDIA E GRAÇA, NOS SALVA POR MEIO DA NOSSA FÉ NELE.

Entenda, Jesus não veio para abolir a lei, mas sim para cumprir, completar. E foi o que Ele fez.

"Não cuideis que vim destruir a lei ou os profetas: não vim abrogar, mas cumprir."

(Mateus 5:17)

Ele cumpriu, levando-a ao seu fim, pois não precisamos mais da lei para nos salvar. As leis e os mandamentos que cumprimos, fazemos por amor a Cristo e não para sermos salvos, até porque Jesus também disse que os mandamentos agora se resumem a dois:

"Amarás o Senhor, teu Deus, de todo o teu coração, de toda a tua alma e de todo o teu entendimento. Este é o grande e primeiro mandamento. O segundo, semelhante a este, é: Amarás o teu próximo como a ti mesmo. Destes dois mandamentos dependem toda a Lei e os Profetas."

(Mateus 22:37-40)

Ou seja, se nos basearmos nesses dois mandamentos, cumpriremos todo o resto, pois quem ama não trai, não mata, não rouba, não desonra pai e mãe etc.

Jesus nos ensina muito sobre isso, nos ensina a confiar e descansar. Nos ensina a não nos apegarmos aos prazeres e bens terrenos, pois o céu é o nosso lugar e estamos apenas de passagem nesta Terra.

"Não acumulem para vocês tesouros na terra, onde a traça e a ferrugem destroem, e onde os ladrões arrombam e furtam. Mas acumulem para vocês tesouros nos céus, onde a traça e a ferrugem não destroem, e onde os ladrões não arrombam nem furtam. Pois onde estiver o seu tesouro, aí também estará o seu coração."

(Mateus 6:19-21)

E então eu te pergunto: onde está o seu coração hoje? O que faz os teus olhos brilharem? Você está mesmo olhando para as coisas do alto?

Não sejamos como o jovem rico citado na Bíblia:

"Eis que alguém se aproximou de Jesus e lhe perguntou: 'Mestre, que farei de bom para ter a vida eterna?'. Respondeu-lhe Jesus: 'Por que você me pergunta sobre o que é bom? Há somente um que é bom. Se você quer entrar na vida, obedeça aos mandamentos'. 'Quais?', perguntou ele. Jesus respondeu: 'Não matarás, não adulterarás, não furtarás, não darás falso testemunho, honra teu pai e tua mãe' e 'Amarás o teu próximo como a ti mesmo'. Disse-lhe o jovem: 'A tudo isso tenho obedecido. O que me falta ainda?'. Jesus respondeu: 'Se você quer ser perfeito, vá, venda os seus bens e dê o dinheiro aos pobres, e você terá um tesouro nos céus. Depois, venha e siga-me'. Ouvindo isso, o jovem afastou-se triste, porque tinha muitas riquezas."

(Mateus 19:16-22)

Agora lendo esse último versículo, "o jovem afastou-se triste, porque tinha muitas riquezas", diga para mim qual riqueza no mundo se compara à Eternidade ao lado dAquele que primeiro nos amou? Em um lugar onde não há dor, nem sofrimento, não há fome, não há guerra, apenas a Glória eterna ao lado do Pai.

Uau! A eternidade brilha aos seus olhos? Eu espero que sim.

* PIERCINGS E TATOOS *

Sim, eu sei que vocês querem esse assunto aqui! E escolhi exatamente esse capítulo de religiosidade para abordar sobre essa questão.

É muito comum entrar nas redes sociais e me deparar com diversas mensagens e questionamentos a esse respeito. Na grande maioria, adolescentes querendo saber "isso é pecado ou não é?". Bom, vamos lá. A meu ver, isso é um assunto que dividirá opiniões ainda por um bom tempo.

As pessoas que são contra tatuagem sempre se utilizam de um único versículo que em algumas versões de traduções bíblicas dão a entender que a tatuagem é pecado.

Em Levítico 19:28 lemos:

"Não façam cortes no corpo por causa dos mortos nem tatuagens em vocês mesmos. Eu sou o Senhor."

(Versão NTLH)

Ou

"Pelos mortos não dareis golpes na vossa carne; nem fareis marca alguma sobre vós. Eu sou o SENHOR."

(Versão ARC)

Quando a Bíblia menciona "tatuagem" ou "marca" nesse contexto, está se referindo a mutilações no próprio corpo pelos mortos, o que era uma forma de culto pagão da época. Exceto essa passagem (que já entendemos que não pode ser usada para tornar a tatuagem pecado) não temos nenhuma outra que condene o ato de tatuar, até porque na época em que a Bíblia foi escrita nem existia essa palavra, tampouco a cultura de fazer tatuagens como a que conhecemos hoje.

Ou seja, Levítico 19 não pode ser usada para defender a ideia de que "tatuagem é pecado".

Inclusive, alguns intérpretes acreditam que as leis expressas por Moisés nesse capítulo de Levítico podem ser classificadas em três tipos:

1. **Leis Civis**: dizem respeito às condições sociais da época e não podem ser aplicadas hoje em dia;
2. **Leis Cerimoniais**: são referentes a sacrifícios de animais e outros rituais daquele período que também não devem ser aplicadas atualmente;
3. **Leis Morais**: são relativas à ação do ser humano, independentemente do período em que ele vive, ou seja, são condutas, princípios que servem para guiar nossas atitudes nos dias em que vivemos.

Vendo dessa maneira percebemos que ao mencionar "marcas na pele", o texto se referia a uma postura específica daquela época e não de um princípio moral. As leis civis e cerimoniais foram, conforme essa forma de interpretar, abolidas com o segundo testamento.

* QUANDO SE TORNA PECADO? *

Penso que a tatuagem se torna pecado quando feita em desobediência e quando não é feita para a glória de Deus.

Por exemplo: se teu pai e tua mãe não deixam você fazer tatuagem, não faça. Se tua igreja se diz contra, não faça. Se você fizer, será um ato de rebeldia, e aí sim a tatuagem se torna pecado. Qualquer ato nosso que tenha o intuito de gerar polêmica e/ou escândalo para outras pessoas é sim considerado pecado. Em 1 Coríntios 8:8-13, o apóstolo Paulo cita um exemplo sobre o problema que é fazer coisas que escandalizem os irmãos e os levem a pecar. Nesse texto, ele fala sobre não ter nenhum mal em comer comidas consagradas a outros deuses por acreditarmos que existe apenas um Deus, mas bem cita no versículo 9 que "mas vede que essa liberdade não seja de alguma maneira escândalo para os fracos".

Ou seja, a nossa liberdade tem que ser usada com responsabilidade e respeito aos limites das autoridades que nos cercam. Ele fala de comida, mas consigo aplicar para esse tema que estamos falando e vários outros também.

Conheço muitos amigos, pastores e evangelistas que usam a tatuagem como um meio de alcançar vidas, e isso é lindo porque eles conseguem alcançar pessoas que se sentem excluídas do "padrão de corpo cristão" e muitas vezes se afastam ainda mais do evangelho. Esse trabalho que eles fazem é incrível exatamente porque atinge pessoas que já ouviram de religiosos a seguinte frase: "com esse corpo todo pintado aí você não vai pro céu" ou "tatuagem é coisa do diabo". Pessoas dizem isso, acredite. Eu mesma já passei diversas e diversas vezes por essa situação.

Ao mesmo tempo que fui alvo de julgamentos, também já recebi mensagens de pessoas que assim como eu foram machucadas, dizendo:

"Mharessa, você mudou a minha forma de ver o Evangelho. Você me fez perceber que o amor que Deus sente por mim não é menor porque eu tenho tatuagem. Eu também sou filho(a) de Deus e Ele me ama!"

E doa a quem doer, essa é a mais pura verdade. Deus se alegra de um coração quebrantado e contrito.

"Os sacrifícios para Deus são o espírito quebrantado; a um coração quebrantado e contrito não desprezarás, ó Deus."

(Salmos 51:17)

A mesma coisa serve para os piercings. Na Bíblia, é muito comum lermos sobre mulheres usando brincos como enfeites, e o piercing nada mais é que um brinco.

"Então, te lavei com água, e te enxuguei do teu sangue, e te ungi com óleo. Também te vesti de roupas bordadas, e te calcei com couro da melhor qualidade, e te cingi de linho fino, e te cobri de seda. Também te adornei com enfeites e te pus braceletes nas mãos e colar à roda do teu pescoço. Coloquei-te um pendente no nariz, arrecadas nas orelhas e linda coroa na cabeça. Assim, foste ornada de ouro e prata; o teu vestido era de linho fino, de seda e de bordados; nutriste-te de flor de farinha, de

mel e azeite; eras formosa em extremo e chegaste a ser rainha."

(Ezequiel 16:9-13)

Para concluir, quero dizer que a Bíblia em momento algum condena tatuagens ou piercings. Porém, mais uma vez, essas coisas quando feitas em desobediência ou feitas para manchar e envergonhar o nome de Jesus, podem se reverter em profanidade.

* JESUS, FONTE INESGOTÁVEL DE AMOR *

Jesus te ama e ama o seu coração. Não é um piercing ou uma tatuagem que vai te fazer menos digno do amor de Deus, acredite.

Se você tem Cristo no seu coração, deixe-se guiar por Ele e não pelas opiniões e falácias das pessoas ao seu redor. De qualquer forma, convido a você sair do raso e deixar de lado essa discursão sobre "posso fazer tatuagem ou não?", "posso colocar piercing ou estarei pecando com isso?".

Jesus é uma fonte inesgotável e existem milhões de outras coisas para buscarmos e mergulharmos em Cristo. Tatuagens e piercings não podem ser a maior preocupação da nossa caminhada com Jesus. Busque a Ele e certamente essas dúvidas não mais te atormentarão, pois Dele vem a paz nos momentos em que precisamos de respostas.

Quando nos dedicamos em conhecer a Deus, outros assuntos preenchem a nossa mente, e passamos a nos importar cada vez menos com questões banais. Experimente, aprofunde-se Nele.

"Seja a paz de Cristo o árbitro em vosso coração, à qual, também, fostes chamados em um só corpo; e sede agradecidos."

(Colossenses 3:15)

Será que sou livre ou me sinto presa(o)?

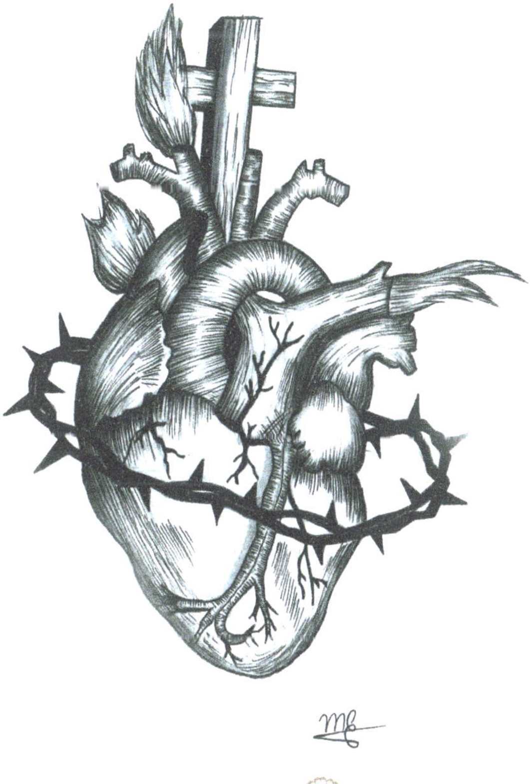

Capítulo 4
Relacionamentos

* CRIANÇA NÃO NAMORA *

Ai, ai, minha cara leitora, como sofre uma mulher apaixonada, não é mesmo? Bom, na verdade nem sempre, mas 99% das meninas já sofreram uma ou mais desilusões amorosas. Eu me encontro entre essas 99%, e você?

Você que me acompanha, já deve ter percebido que sempre fui uma menina precoce em tudo que fiz, desde trabalho até namoro. Comecei a trabalhar aos dez anos de idade e a namorar aos onze (equilíbrio é tudo, né?! Hahaha). Mas agora falando sério, eu acredito que quanto mais cedo começamos a namorar, maior é a probabilidade de nos decepcionarmos e anteciparmos sentimentos que não estamos preparadas para vivenciar. Por quê? Porque crianças e adolescentes com 11, 12, 13, 14 (ou mais, né?) anos foram feitos para viverem conforme a sua idade, e não para se preocupar com namoro, compromisso e responsabilidade emocional.

Nessa idade não temos maturidade o suficiente para entender e dar a importância que isso merece. Claro que existem as exceções de pessoas que começaram a namorar aos 14, por exemplo, e hoje aos 30 ainda estão juntos e são completamente felizes, e glória a Deus por isso. Mas precisamos entender que isso é uma EXCESSÃO, ao mesmo tempo que muito perigoso. Não são todas as histórias que acontecem dessa maneira, assim como não foi comigo.

* MINHA HISTÓRIA *

Aos 11 anos quando eu "namorei" pela primeira vez (aquele namorinho de recreio que só andava de mãos dadas, sabe?), eu não fazia ideia o que era de fato um relacionamento, e o meu "namorado" da época muito menos. Resumindo, nosso namorico durou apenas alguns meses e ficou por ali mesmo. Mas, nossa! COMO EU SOFRI. Nessa idade parece que tudo é o fim do mundo, né?!

Aos 14 eu fui pedida em namoro no dia do meu aniversário (sim, foi lindo e todo mundo sabe porque tá no YouTube, kkkkkk). Esse, inclusive, foi o mais curto dos meus relacionamentos, e não deu certo por vários motivos. Ouvi coisas que não gostaria de ter ouvido na época, porém passou!

Depois de um tempo nós nos encontramos em uma festa, nos desculpamos e hoje em dia seguimos em paz. Espero que ele esteja seguindo sua vida muito feliz. Mas cá entre nós, eu nem conto isso como namoro, pois nós mal saíamos juntos.

Então agora, sim, você vai ouvir sobre minha vida amorosa!

O meu primeiro NAMORO foi ainda aos 14 com um garoto que marcou a minha vida. Foi a minha primeira experiência com um namoro sério, saudável, cheio de amor e respeito. Minha família o amava, assim como a dele também me amava. Porém, mais uma vez, ainda éramos muito jovens para entender a responsabilidade que nós tínhamos nas mãos e acabou chegando ao fim. Eu ainda era uma criança que não sabia lidar com tudo isso. Doeu, tanto em mim quanto nele. Ele merecia mais do que eu podia lhe dar naquele momento. Nosso relacionamento e nossos erros foram essenciais para eu me tornar a mulher que sou hoje e aprender a lidar com esse tipo de situação a partir dali. Hoje nossas famílias ainda mantêm contato e eu sou muito grata por tudo que fizeram por mim e por minha família mesmo após tantos anos.

Fica aqui minha gratidão pública à família Motta.

Algum tempo depois, eu comecei a namorar um garoto que estudava comigo na época. Era uma paixão que me consumia e me fazia querer viver intensamente. Tinha uma vontade louca de viver com ele cada aventura que aparecesse na minha frente. Porém, aos poucos fomos perdendo para o ciúme e para as brigas que ficavam entre nós, entre nossos amigos e entre as nossas famílias. Mais uma vez percebi que não estávamos prontos para isso e fim, acabou. Doeu também, e muito! Parecia que tudo tinha desabado de uma hora para outra e eu cheguei a pensar que o problema era comigo e que eu não daria certo com ninguém.

Até que o tempo passou e acabei por reencontrar um amor antigo. A primeira pessoa em que eu havia me imaginado casando. A pessoa que cresceu ao meu lado, mas que estava longe há anos. Ele reapareceu na minha vida e reacendeu uma chama antiga que me fez lembrar dos meus cinco anos, idade que eu tinha quando o conheci.

Voltamos a nos encontrar, ele me levou para conhecer

a igreja que eu frequento hoje (Bola de Neve) e, passados alguns dias, ele teve que ir viver por um período em outro país.

Nos falávamos todos os dias, sem exceção. Depois de meses vivendo assim, ele me surpreendeu voltando para São Paulo e me pedindo em namoro. Ali eu achei estar certa sobre o meu futuro e sobre os planos de Deus em minha vida. Vivemos momentos incríveis em dois meses, mas após esse tempo recebi a notícia de que ele iria morar fora e mais uma vez tive que me despedir dele. Bem, essa foi a última vez que eu o vi. Tentamos seguir com o nosso relacionamento a distância, mas não deu certo. Sempre existiam prioridades que não eram o nosso namoro. E mais uma vez doeu. Doeu muito, mais do que nunca antes. Foi aí que eu passei a desacreditar no amor, pois na minha cabeça, se não fosse ele, não seria mais ninguém. E como vocês devem saber, eu estava errada!

* O ENCONTRO COM O VERDADEIRO AMOR *

Sim, eu estava errada. Primeiramente porque já existia alguém que me amava incondicionalmente e que lutava pela minha atenção. Quando encontrei esse amor, percebi que nunca mais acharia sentimento tão grande assim, o amor do meu Pai. NOSSO PAI. Mergulhar neste relacionamento me fez ver que a minha satisfação vem do alto, e que as coisas que me acontece aqui na terra são consequências dessa relação com o Pai. Mais que um relacionamento amoroso, entendi que era nesse grande amor que eu deveria me apegar e ter expectativa, pois Ele sim jamais me decepcionaria.

E falando em consequência, ganhei um amor que superou todas as minhas expectativas. Um amor sério, saudável, respeitoso, que me consumiu, fez com que eu quisesse me aventurar e viver intensamente. Mesmo depois de ter aprendido a ser suficiente em Jesus, de ser completa e plenamente feliz ao lado dEle, ainda tive prazer de viver quase 2 anos ao lado de uma pessoa maravilhosa!

E é nesse ponto que eu queria chegar.

* O QUE É O AMOR? *

Eu passei a minha adolescência inteira procurando um amor e procurando ser amada, e eu acabei me decepcionando tantas e tantas vezes que é impossível contar nos dedos. Então, quando menos esperei e descansei o meu coração, encontrei a minha identidade e plenitude em Cristo, e com isso aprendi o que é o amor.

O amor não é só dar, mas também é receber. É claro que é melhor dar do que receber, assim como diz em Atos 20:35b:

"Há maior felicidade em dar do que em receber."

Por isso, tenho plena certeza de que eu nunca perdi nada por amar demais, mesmo tendo me decepcionado tantas vezes. Eu sei que o poder de Deus se aperfeiçoa na minha fraqueza, como mencionado em 2 Coríntios 12:9, e que Jesus usava cada momento de dor e desespero para me curar e fazer crescer, até o momento em que eu estive apta a viver o amor que eu precisava, e mesmo não estando mais ao lado dele hoje, ele me ensinou e me mostrou o amor e o cuidado de Deus comigo a cada dia.

"Mas ele me disse: 'Minha graça é suficiente a você, pois o meu poder se aperfeiçoa na fraqueza'. Portanto, eu me gloriarei ainda mais alegremente em minhas fraquezas, para que o poder de Cristo repouse

em mim."

O que quero enfatizar é que se hoje eu consigo experimentar e viver o amor é porque sei o que é o Amor, já que Ele me amou primeiro.

> *"Nós amamos porque ele nos amou primeiro."*
> **(1 João 4:19)**

* DEIXE O AMOR CONDUZIR *

Com tudo isso, passei de alguém que não acreditava mais na existência do amor para alguém que é movida e faz tudo o que faz por amor. Cada dia que passa eu vejo ainda mais o cuidado de Deus com o meu coração.

O que eu quero dizer com isso é que Deus cuida de cada mini detalhe da nossa caminhada. As escolhas são nossas e é por isso que na maioria das vezes as consequências não são tão boas, mas ainda assim, Deus não perdeu o controle e Ele está cuidando para que a menina dos seus olhos encontre Um Caminho de Volta… para ela mesma.

* UM AMOR PARA MORAR *

Aprenda sobre o seu valor e não abra mão disso. Você é uma flor do jardim de Deus, e Ele todos os dias te cultiva, cuida de ti e, portanto, você merece ser bem tratada.

O caminho muitas vezes será difícil e pode ser que doa, assim como doeu em mim. Mas vai valer a pena, acredite em mim, pois sei do que falo. Lembre-se que valeu a pena para Jesus, mesmo depois de Ele ter sofrido por você e por mim naquela cruz. E vai valer a pena para você também.

Eu não sei como está o seu coração hoje, mas o que eu quero te dizer é que talvez você não tenha ideia do quão amada é.

Quando eu me encontrava desacreditada no amor, era porque na verdade eu nunca O havia conhecido. É impossível experimentar Dele e não se sentir imensamente amada. E é esse amor luta por você todos os dias!

Antes de buscar um amor para cuidar, busque um amor para morar.

Jesus é esse amor para morar, e quando você fizer morada Nele, nunca mais aceitará menos do que você merece.

E isso serve para namoro, família, amigos e tudo que envolve seus sentimentos.

Para encerrar este capítulo, preciso também dizer que antes de qualquer relacionamento, você precisa valorizar o seu com você mesma. Sim, aprenda a apreciar a sua companhia, dedique tempo para conhecer mais sobre os seus sentimentos, seus limites, desejos. Procure, antes de quaisquer coisas, a sua independência emocional para quando encontrar alguém, ela não te complete, mas te transborde! Afinal, quando isso acontecer você já estará completa em Jesus.

Isso faz sentido para você?

Quando estamos conectadas com Cristo e consequentemente com nós mesmas, fica mais fácil nos livrarmos das ciladas dos relacionamentos abusivos. Quantas vezes não vemos, ouvimos ou até vivemos casos de abuso, ciúmes excessivo, falta de amor e respeito? Só nos submetemos a esse tipo de relacionamentos quando não conhecemos o Amor e o que Ele tem para nós. Então, enquanto você estiver na posição de buscar satisfação apenas em sentimentos terrenos, continuará a aceitar qualquer coisa vindo das pessoas.

Bom, depois de toda essa história, eu tenho dois agradecimentos a fazer:

Jesus, obrigada por ser o meu amor para morar; e Matheus, obrigada por ter sido o meu amor para cuidar! Você cuidou e foi essencial na minha caminhada de volta ao amor.

O que eu devo fazer para melhorar os meus relacionamentos (namoro, família, amigos)?

Capítulo 5

Uma vida em Santidade

Quero começar este capítulo falando uma coisa: Deus é Santo! Sim, esse é Seu caráter. Ele é perfeito, sem falha, sem erros. O pecado nem sequer pode entrar em sua presença.

"Segui a paz com todos, e a santificação, sem a qual ninguém verá o Senhor."

(Hebreus 12:14)

Mas o que é viver em santidade? John Wesley afirma que "a conversão tira o cristão do mundo. A Santificação tira o mundo do cristão".

É isso, viver em santidade é entregar-se a Deus ao ponto de se afastar de toda impureza e pecado. Nesse processo, tudo aquilo que pode te manchar e te afastar do Pai, não faz parte do seu dia a dia.

* É MUITO DIFÍCIL!? *

Mas nossa! Como é difícil caminhar em santidade, não é mesmo? Como é custoso manter os nossos olhos fixados nas coisas do alto quando o mundo parece tão mais atraente e tentador do que o céu. É, eu sei bem disso!

Vivi anos da minha vida no mundo "lá fora", buscando encher a minha alma de entretenimento, coisas que me preenchesse. Sabe o que encontrei? Nada!

Se você que está lendo este livro agora pudesse olhar dentro da Mharessa de alguns anos atrás, certamente enxergaria inúmeras "manchas", às quais fui acumulando em meu interior desde que decidi ceder aos desejos e prazeres que me foram oferecidos naquele época.

Até que, enfim, descobri que tudo que eu precisava estava bem na minha frente. Um dia a Graça me alcançou e eu fui purificada dos meus pecados (1 Coríntios 6:11). Hoje eu sou livre de toda mancha que um dia esteve em mim.

A santificação é um processo, isso significa que você vai errar ao longo dessa caminhada; afinal, nós somos humanos e estamos expostos a isso, mas a diferença é que com a sua vida entregue a Jesus, você pode se aproximar dEle sem medo de ser destruído pelo seu pecado. Todo pecado e todo medo já não te controlam mais.

* É PRECISO NOVOS HÁBITOS *

Se você decidiu andar em santidade, é importante adquirir novos hábitos que te conduzirão cada vez mais para perto de Deus:

1. Leia a Bíblia

Quer descobrir sobre sua própria identidade? Nada melhor do que ler o manual que o seu criador deixou para você. É na Bíblia que encontramos respostas, e é lá que aprendemos sobre o caminho que devemos percorrer. Além disso, tudo o que precisamos saber a respeito do amor de Jesus está nela. Faça da leitura bíblica um hábito e entenda: a Bíblia foi escrita para ser alimento diário, e não sobremesa para ocasiões especiais.

2. Esteja sensível aos sinais de Deus

Quando estamos envolvidos em um processo de oração, leitura da palavra e atentos ao nosso relacionamento com Deus, certamente Ele nos sinalizará aquilo que é necessário ser mudado ou ajustado para que alcancemos a plenitude Nele. Por isso, é importante estarmos firmes em nossa disciplina espiritual e atentos à sua voz.

3. Tenha um coração disposto

Viver em santidade dá trabalho. É preciso disposição para seguir firme na decisão de mudar o que for necessário para crescer em Cristo, pois é assim que aumentamos a nossa fé, e é ela, a fé, que nos faz querer seguir nessa caminhada.

4. Entenda que a vontade de Deus é perfeita

Mesmo que certas coisas não estejam nos seus planos, OBEDEÇA! Se Jesus te mandar ir, VÁ. Se Ele te mandar parar, PARE. Jesus conhece os teus planos e sabe onde você quer chegar, mas o que realmente importa são os planos Dele para você e o lugar onde Ele quer te levar. Se você ainda não teve uma experiência com esse Criador, pode nesse momento está pensando "nossa, que Deus ditador!". Não sabe você o quão muito melhor são os planos Dele do que os nossos. Pense que nós só conseguimos desejar coisas que estão ao alcance de nossa mente (que é limitada), sonhos baseados em situações que conhecemos e enxergamos. Deus não! Ele em sua infinita sabedoria e ciência, sabe e vê coisas que nós não conseguimos. Então, por que não acreditar que seus planos e sonhos são, sim, melhores do que os nossos?

"Não se amoldem ao padrão deste mundo, mas transformem-se pela renovação da sua mente, para que sejam capazes de experimentar e comprovar a boa, agradável e perfeita vontade de Deus."

(Romanos 12:2)

O que o apóstolo Paulo nos aconselha nesse versículo, é exatamente sobre o que estamos falando. Quando nos dispomos a caminhar com Deus, e nos envolvemos no processo de santificação, passamos a experimentar viver a sua vontade, que é tudo isso: Boa, Agradável e Perfeita.

5. Consulte Jesus

Temos o costume de nos apoiarmos na opinião alheia, que por vezes confunde nossa cabeça e nos desvia do verdadeiro caminho, que é aquele que Cristo tem para nós. Não sei o que acontece, mas parece que sempre achamos mais fácil jogar nossas questões para outras pessoas do que dobrar nossos joelhos e consultar Aquele que tem todas as respostas.

Vai por mim, o único que pode nos dar uma direção certeira é o próprio Jesus. Ele não habita na dúvida, então se há algo que te traz confusão, pergunte ao teu Pai e Ele virá com respostas (além das que já encontramos na Bíblia).

* O QUE NÃO É SANTIDADE *

É muito comum quando falamos sobre santidade, ver pessoas desinformadas associando isso unicamente à pureza sexual, que é o sexo apenas no casamento. Mas nós precisamos entender e ter muito claro em nossa mente de que a santidade não é apenas sobre isso. Vai muito mais além.

Existe uma frase do André Tanaka que diz que "santidade é o fruto de intimidade com o amor de Deus, e não da proibição em fazer algo". Conseguem compreender o que isso significa?

Quanto mais nos aproximamos de Deus e quanto mais íntimos ficamos Dele, somos envolvidos por um amor que nos constrange para sairmos do erro. Por isso, não é pessoa A ou B que vai te apontar o teu pecado e te dizer o que é ou não proibido, e sim o próprio Jesus que com muito amor te convencerá daquilo que te afasta Dele.

Portanto, a pureza sexual é um dos atos de obediência nessa caminhada com Jesus, e não o que define santidade.

Podemos ler em Mateus 5:8:

"Bem-aventurados os limpos de coração, porque eles verão a Deus."

E também em Salmos 24:4-3:

"Quem subirá ao monte do Senhor, ou quem estará no seu

lugar santo? Aquele que é limpo de mãos e puro de coração; que não entrega a sua alma à vaidade, nem jura enganosamente."

Esses versículos nos mostram o tanto que a santidade é fundamental para chegarmos ao coração de Deus.

* OS OLHOS SÃO A JANELA DA ALMA *

Com certeza você já ouviu essa frase "os olhos são a janela da alma", então eu preciso te perguntar:

O que os teus olhos estão vendo? O tem passado pela tua janela da alma?

É importante estarmos atentos ao que tem entrado em nossa vida através de nossos olhos. Se não tomarmos cuidado, acabaremos sendo controlados por coisas as quais os nossos olhos estão cegamente atraídos.

"Tudo é puro para os que são puros, mas para os corrompidos e incrédulos nada é puro; antes tanto a sua mente como a sua consciência estão contaminadas."

(Tito 1:15)

O corpo funciona em uma determinada ordem: os olhos veem, o cérebro processa, a boca fala e o corpo executa ações. Então, basicamente, tudo parte daquilo que você vê! Se os seus olhos forem maus, todo o seu corpo será cheio de trevas (Mateus 6:23). Ainda mais nos tempos de hoje, que somos tomados por conteúdos visuais o dia inteiro. Somos cercados de fotos, vídeos e exibições que parecem prontos para despertar inveja, comparações, cobrança, sentimento de culpa, ódio.

É aí que começa o perigo do ciclo que citei acima: os olhos veem aquilo, o cérebro absorve e elabora sentimentos de acordo com sua história de vida, a boca profere o sentimento todo contaminado, então o corpo executa o pecado.

Compreende o porquê temos que ser seletivos quanto ao que permitimos que nossos olhos vejam?

"Mas Mharessa, como eu posso ser pura se a situação à minha volta não coopera para isso?"

Em Cristo, temos acesso ao domínio próprio e sabedoria. Por isso, escolha se conectar com aquilo que te desperte bons sentimentos e que te aproxime de Deus.

"Quanto ao mais, irmãos, tudo o que é verdadeiro, tudo o que é honesto, tudo o que é justo, tudo o que é puro, tudo o que é amável, tudo o que é de boa fama, se há alguma virtude, e se há algum louvor, nisso pensai."

(Filipenses 4:8)

* O ERRO DE AGIR PELAS CIRCUNSTÂNCIAS *

Nós estamos acostumados a agir por circunstâncias, e isso é um erro, pois Jesus nunca se comportou assim.

"Se o dia está bom, então estou feliz."
"Se eu acordar mal amanhã, não vou sorrir pra ninguém."
"Se eu estiver com preguiça, não vou ler a Bíblia."

Imagina Jesus dizendo "se eles forem legais comigo hoje, eu os darei alimento", "se eles jurarem lealdade a mim, eu morrerei por eles". Já pensou? Se Jesus dependesse do nosso amor, da nossa devoção, da nossa lealdade, nós nunca seríamos de fato amados e salvos por Ele. Deus nos ama e ponto.

Independentemente de como eu me comporto, Ele é bom. Independentemente se eu mereço ou não, Ele me cura. Independentemente se eu o amo ou não, ELE ME AMA!

Quando pedimos para sermos mais parecidos com Cristo, está incluso fazer o que for necessário ser feito, independentemente das circunstâncias ao nosso redor, e é aí que entra a vida de santidade.

Eu sei, querida leitora, que é muito difícil seguir na contramão do mundo e renunciar coisas nas quais o mundo considera "normal" atualmente. Ainda mais quando somos jovens e estamos inseridas em um mundo recheado de coisas que nos enchem os olhos. Mas cuidado, não venda a sua pureza por tão pouco. Sim, tudo o que você enxerga de bom no mundo, é pouco comparado à vida que Jesus tem para você. Então, não troque uma vida abundante em Cristo por um momento de prazer. Escolha estar entre amigos que amem a Deus e que se esforcem também para ter corações puros, e assim, juntos, vocês irão se fortalecer na caminhada.

Relacionar-se com alguém que também busca viver em santidade e que ama a Cristo, facilita a caminhada e te aproxima ainda mais de Deus.

Em relação à namoro, eu sei que algumas não namoram, outras estão em um relacionamento onde o namorado não aceita essa "bobagem" de santidade e outras até tentaram, mas acabaram desistindo no meio caminho... e eu não estou aqui para tentar te fazer viver uma vida como a minha, ou tentar empurrar para dentro de você as minhas crenças e muito menos te julgar por você ter vivido algo diferente do que eu vivi. Contudo, estou aqui como alguém que ama a Cristo e que se preocupa com sua vida, por isso te afirmo que você não perde nada ao viver uma vida em santidade, na verdade, só ganha. Eu não estou dizendo que vai ser fácil ou que você nunca mais vai errar, estou dizendo que vale a pena buscar ser parecido com Jesus.

Importante: Podemos ser chamados de santos, porque Jesus é santo e por sua morte e ressurreição fomos santificados Nele. Ou seja, isso é possível pelo que Ele já fez por nós, e não porque somos capazes. Entende?

"Mas, como é santo aquele que vos chamou, sede vós também

santos em toda a vossa maneira de viver; Porquanto está escrito: Sede santos, porque eu sou santo."

(1 Pedro 1:15,16)

Hey, menina... Não esqueça o seu valor, não se venda para esse mundo que só quer tirar o que há de melhor em você. Você é um diamante precioso e só Jesus sabe como te lapidar e te fazer ainda mais valorosa. Nosso Pai se alegra de um coração puro e sincero. Você é amada.

Hey, menino... Eu sei que o mundo cobra muito de você, mas Jesus só quer o seu coração. Não deixe que as pessoas te digam quem você é ou o que você deve fazer, pois só Deus é quem pode te definir e Ele diz coisas lindas ao seu respeito em sua Palavra. Você é muito amado.

Lembre-se: Jesus te escolheu e te chamou para caminhar com Ele, porém, luz e trevas não habitam o mesmo lugar. Viver em santidade é uma escolha e cabe a você dar o primeiro passo.

Vamos caminhar juntas?

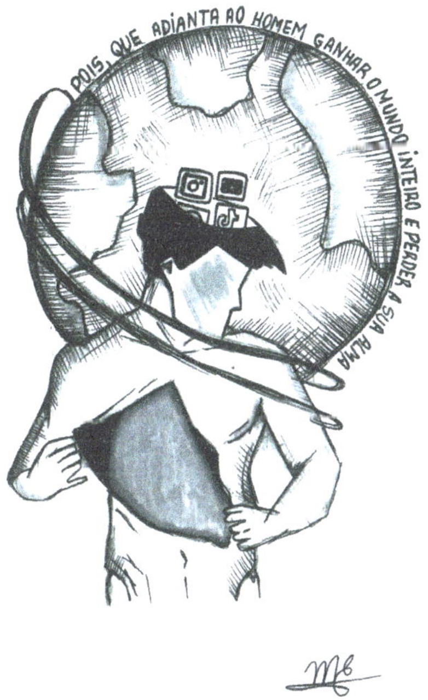

Capítulo 6

Como ganhar fama?

* A PERGUNTA SEM RESPOSTA *

Nem lembro mais quantas vezes ouvi essa pergunta durante toda a minha carreira, que como já contei, começou bem cedo. Durante um bom tempo, eu nem sabia como responder isso e ficava pensando "será que existe uma receita pra fazer sucesso?", até porque quando eu comecei a fazer o que faço até hoje, foi simplesmente por amor.

Com oito anos de idade comecei a fazer teatro, e aquilo me encantou de uma forma que eu só conseguia pensar em fazer isso pelo resto da vida. Por isso que digo que foi por amor.

A partir dali comecei a fazer muitos testes, alguns eu passava e muitos outros não. Porém, continuei tentando, insistindo, pois eu sabia que era aquilo que eu queria. Até que com um tempo comecei a ser reconhecida pelo que faço, resultando no que sou hoje.

Muitos enxergam o que eu tenho hoje como fama. Até hoje eu ouço "como você ficou tão famosa?" e quando olho no espelho, não é isso que vejo. A fama é relativa, principalmente quando não é isso que está em nosso coração.

Eu percebo que ficar famosa foi uma consequência do meu amor por atuar, depois de anos de estudo, testes e a oportunidade de ter conhecido pessoas influentes, embora como já citei, recebi muitos sins e nãos.

A nossa geração parece querer ser notada a todo custo, tanto que para muitos o seu maior sonho acaba sendo ter fama e ser conhecido por todos.

Tudo bem você querer ser famoso, não há nada de errado nisso. Mas reflita: qual é o seu objetivo com esse desejo? É ganhar a admiração das pessoas, ser famoso na terra perante os homens ou famoso no céu perante os anjos e a Deus? E é sobre isso que quero falar com você agora.

* O QUE DE VERDADE É A FAMA *

Ser famoso é empolgante. Sair na rua e pedirem fotos com você, ir na padaria e dar um autógrafo para mulher do caixa, ir no salão e mandar um vídeo para filha da manicure que é sua fã, ir num evento e ter seu nome aclamado pela plateia, ter que sair dos lugares com segurança porque as pessoas não te deixam andar...

Bom, essas foram algumas situações das muitas que já me aconteceram. E sim, isso infla o nosso ego e nos faz sentir como um Justin Bieber do Brasil naquele momento. Isso até surgir alguém mais famoso ou com mais seguidores, então as atenções que estavam em você somem pouco a pouco e logo estão em outra pessoa. Se eu pudesse definir a fama em uma palavra eu diria: inconstante.

Ao procurar a palavra inconstante no Google, achamos a seguinte explicação:

"Que está sujeito a mudanças, a variações; que não se mantém uniforme; intermitente, mutável, variável. Que não é certo, permanente, seguro, garantido; transitório."

Ou seja, você só é famoso até o momento que estiver em evidência e entre o maiores. Assim que aparecer alguém que aparente ser mais "interessante" que você, passou o seu momento.

Desse modo, a fama tem o poder de destruir muitas

vidas, exatamente porque um dia a pessoa viraliza no mundo inteiro, fica sendo um dos assuntos mais falados, é a popstar e tudo mais que vocês já conhecem... Com isso, a pessoa acaba tornando esse acontecimento o centro de sua vida e toda essa fama passa a mover seus interesses. Mas aí, em um piscar de olhos, outra personalidade surge e ninguém já nem lembra mais seu nome. Por isso que eu disse que a fama pode destruir uma pessoa.

Agora vamos refletir:

Quando você se encontrar em uma situação como a que eu descrevi acima, onde estará o seu coração? Digo a você que se não estiver ancorado num lugar estável, seguro, isso irá acabar com você. A ideia de que você não importa mais irá te dominar. Ver os seus seguidores caindo a cada dia vai te doer profundamente e você vai se perguntar "onde foi que eu errei?". Mas posso te dizer algo? O erro não está em você, as pessoas é que simplesmente decidiram que a vida de outra personalidade é mais legal e interessante que a sua. Fique sabendo, é assim que funciona!

É por isso que é errado colocar expectativa nas pessoas, pois elas são inconstantes. Já Deus é um agora e será o mesmo para sempre. No céu, os seus pecados não destroem a nossa identidade, pois Jesus te redimiu e o Seu plano para nós são eternos.

No mundo espiritual, nós não somos descartados, entende? É isso que quero que você entenda. Mesmo que surjam outros com aparência de serem mais "santos" que nós, que orem e jejuem mais, que frequentem mais a igreja do que eu e você, Ele, o nosso Deus, continua nos chamando pelo nome, continua nos amando da mesma forma e nada altera isso. A chegada de novas vidas no reino não anulam ou diminuem a importância da sua.

É por isso que vale muito mais ser conhecido no céu do que ser conhecido na terra. É por isso que a fama é tão banal e passageira, porque no mundo é natural substituir as pessoas, já Deus nos chamou para sermos filhos, e não importa quantos seguidores você tenha, quantas curtidas você consiga nas fotos, quantas pessoas te peçam autógrafo na rua, Ele te chamou para um propósito muito maior do que qualquer oferta terrena.

* A FAMA QUE EU QUERO TER *

Há festa no céu a cada vida que se entrega a Jesus. Será que isso não vale muito mais? Imagina Jesus te olhando lá de cima e dizendo "este é meu Filho amado, em quem muito me agrado" (Mateus 3:17).

UAU! Isso me empolga de uma maneira que nada mais se compara!

A fama muitas vezes te mascara e te transforma em alguém que você não é, e você pode esconder isso de todos os seus seguidores, mas nada fica oculto aos olhos de Deus.

Ele sabe quem você é quando ninguém está vendo. Ele sente a sua solidão quando ninguém te nota. Não sei se você sabe, mas é assim que muitos artistas famosos se sentem, sozinhos!

Para mim, o maior exemplo disso é o Justin Bieber, um dos maiores artistas do mundo que passou sua carreira se sentindo sozinho e vazio, sem um verdadeiro propósito de vida.

Em Lonely ele canta a seguinte frase:

"Talvez então você me conheça
Porque eu já tive de tudo
Mas ninguém está ouvindo
E isso é terrivelmente solitário"

Toda vez que eu leio a tradução dessa música, dói em minha alma porque eu sei que existem milhares de pessoas aí fora sentindo a mesma coisa. Elas são vistas por tantos e ainda assim se sentem extremamente sozinhas. Essa foi a realidade do Justin até que ele encontrou sua verdadeira motivação de viver, Jesus! Isso é tão precioso, tão valioso. É lindo ver um dos maiores artistas do mundo anunciando as Boas Novas de Cristo e mais lindo ainda é ver o que Jesus fez na vida dele e como ele está radiante hoje!

É aí que eu te pergunto:

"Pois, que aproveitaria ao homem ganhar todo o mundo e perder a sua alma?"

(Marcos 8:36)

O mundo, assim como a nossa própria vida, é passageiro e tem um prazo de validade. Logo, a fama que você tanto deseja ou admira nas personalidades em que segue, também é. Então se for para investir em algo duradouro, "ajunte tesouros no céu", que é para onde iremos, lá sim é o nosso lugar. Não busque ganhar seguidores, popularidade, busque ganhar almas, assim você será famoso... famoso no Reino de Deus!

É claro que Jesus escolheu algumas personalidades para serem influentes na Terra afim de que as Boas Novas cheguem a mais pessoas, mas essas foram escolhidas por Deus para um propósito espiritual, e a fama acaba sendo uma consequência. Hoje eu tenho plena certeza que Deus me colocou aqui e me entregou cada um de vocês para ouvirem o que Ele tem a dizer através da minha vida, e se você está aqui lendo isso hoje, faz parte disso.

Então, agora eu quero te convidar a pensar como um cidadão do céu e não cultivar riquezas terrenas e passageiras, mas sim a manter o seu coração fixado em Jesus que é CONSTANTE e que é UM SÓ ontem, hoje e para sempre.

"Toda boa dádiva e todo dom perfeito vêm do alto, descendo do Pai das luzes, que não muda como sombras inconstantes."

(Tiago 1:17)

Agora, quando me perguntarem:

"Como você fez pra ficar famosa?"

Eu direi:

"Eu conheci um cara que me deu uma oportunidade única de ser conhecida lá em cima e fazê-lo conhecido aqui embaixo, e é isso que eu faço. Eu O anúncio."

E você? Quais serão as suas estratégias a partir de agora para ganhar fama no céu?

Capítulo 7
Amizade

Esse é um daqueles capítulos que não poderia deixar de existir aqui no meu livro. Afinal, é de extrema importância falar sobre esse assunto, pois como bem diz a Palavra de Deus:

"Melhor é serem dois do que um, porque têm melhor paga do seu trabalho. Porque se um cair, o outro levanta o seu companheiro; mas ai do que estiver só; pois, caindo, não haverá outro que o levante."

(Eclesiastes 4:9-10)

Eu sei que muitos de nós depois de sermos machucados em nossas amizades passamos a acreditar que não precisamos mais de ninguém e que somos melhores sozinhos, mas isso é uma mentira. Deus nos fez para a comunhão, para estarmos juntos e crescermos em harmonia.

Eu sei que a dor de perder uma amizade muitas vezes é imensurável e passamos a achar que isso vai doer para sempre, mas a real é que não vai, e eu te digo isso com propriedade, acredite!

* A MHARESSA E OS TRÊS AMIGOS *

Nunca fui uma garota de muitos amigos. Quando eu morava no interior, tinha três amigos que sempre estavam comigo, a Giovanna, o Vitor e o Rodrigo. Tinham outros também que andavam com a gente, mas eram esses três que eu enxergava como meus irmãos e com certeza eles fizeram a minha infância e pré-adolescência muito mais feliz. Foi dolorido demais ter que "deixá-los" lá e ir para cidade grande. Estar com os três fazia parte da minha rotina e consequentemente eram parte de quem eu era.

Enfim, isso já tem mais de dez anos e infelizmente eles já não estão mais na minha vida como antes, o que é normal, já que tudo mudou para mim de um dia para o outro (literalmente).

Hoje o que carrego comigo é a saudade dos nossos momentos, dessas amizades que me faziam tão bem. Graças a Deus eu ainda converso com eles pelas redes sociais e é como se as coisas nunca tivessem mudado. Isso é amizade. Não é sobre estar, é sobre SER.

* NOVA VIDA, NOVOS AMIGOS *

Depois mudar para São Paulo, eu passei a ter muitos "amigos". Vivia sempre rodeada de 20, 30 amigos que juravam estar ali para mim sempre que eu precisasse. E bom, o final da história vocês já devem imaginar.

Em meio a esses grupos enormes, tive uma amiga bem especial que marcou a minha vida, mesmo hoje em dia ela não sendo mais minha best, com certeza é uma história que vou contar para os meus filhos e orar para que eles conheçam alguém de coração tão bom quanto o dela.

Hoje eu posso dizer que sou muito realizada com os amigos que tenho. Quando me entreguei de fato para Jesus, entreguei também as minhas amizades e pedi para que Ele colocasse as pessoas certas no meu caminho, e Ele fez.

Consigo contar nos dedos os amigos que estão comigo nos meus melhores e nos piores dias, e isso não é ruim, pelo contrário. Não falamos aqui sobre quantidade, mas sim sobre qualidade, e sem dúvidas eles foram resultado do cuidado de Deus com o meu coração.

Quando a Bíblia diz que um levantará o outro é porque Jesus sabe das nossas limitações e sabe que uma hora nós vamos cair, agora cabe a nós escolher quem estará ao nosso lado para nos levantar.

Sim, amigos são escolhas!

Por isso, vocês que estão lendo, guardem bem o que vou dizer: procurem andar com pessoas que te edifiquem, que te impulsionem e te fortaleçam. Pessoas que torcem por você quando está voando, mas também que te acolham nos braços quando você cair.

Faça sempre essas perguntas:

- Será que essa pessoa se importa mesmo comigo?;
- Será que a amizade dela me aproxima ou me afasta do meu propósito?;
- Será que com ela eu estou crescendo e me aproximando da pessoa que Deus me fez para ser?

Respondida essas perguntas, continuo o conselho: nunca aceite ou se submeta viver uma relação abusiva em nenhuma área da sua vida. O contrário do que muitos pensam, relacionamento abusivo não é só em namoro ou casamento. Há também abuso emocional entre amigos.

É isso, muitas amizades são impróprias e não percebemos.

Essas relações nos sugam e quando damos conta, já não sabemos nem mais quem somos. Por isso estejam sempre em oração pelas suas amizades para que vocês sejam rodeadas de pessoas que te impulsionem e não que te puxem para trás.

Eu declaro isso sobre a sua vida. Que o Senhor te dê sabedoria e discernimento para escolher as pessoas que andarão com você.

Porém, é muito importante lembrar uma coisa que eu sempre disse a mim mesma: antes de procurar por pessoas assim, procure ser essa pessoa. Não adianta nada procurar em alguém aquilo que nem mesmo você pratica, e isso serve para tudo na vida!

Jesus é o meu maior exemplo de amigo; aliás, de tudo. Jesus é o amigo que aplaude, chora e sorri com suas conquistas, mas também aquele que exorta quando você está errado, que te dá a mão quando você está no chão e até mesmo te carrega quando está sem forças. Ele deve ser o seu primeiro e melhor amigo, assim com base em quem Ele é, você saberá quem precisa ter por perto.

Escreva aqui o nome dos seus amigos que refletem o cuidado de Deus com você:

Capítulo 8
A mulher virtuosa

Para encerrarmos este livro, eu gostaria de falar um pouco sobre esse adjetivo que é dado à mulher no livro de Provérbios.

"Mulher virtuosa quem a achará? O seu valor muito excede ao de rubis."

(Provérbios 31:10)

Quando buscamos no dicionário a palavra VIRTUOSA, encontramos alguns significados:

"Boas características morais/ honrada/ honesta/ cheia de ânimo de boa vontade/ esforçada."

(dicio.com.br)

E é exatamente isso que penso a respeito de quem devemos ser enquanto mulheres segundo o coração de Deus.

* QUEM ELA É *

Uma mulher virtuosa ama a Deus sobre todas as coisas, mantém o seu coração na Palavra e ama tudo aquilo que vem de Deus;

Ela também ama os outros e não se preocupa apenas consigo mesma;

É responsável e trabalha sem cessar para fazer tudo com excelência;

Ela é sábia pois Deus lhe dá sabedoria, em consequência sabe dar bons conselhos;

A mulher virtuosa não tem medo do futuro, pois sabe que Deus está cuidando de tudo e não há o que temer;

A mulher virtuosa sabe tomar decisões que sejam coerentes com a palavra de Deus, pois ela vive conectada com o seu Senhor e é dirigida por Ele.

Infelizmente está cada vez mais difícil identificarmos quem são essas mulheres virtuosas, pelo simples fato de que muitas de nós estamos com a identidade perdida nos padrões do mundo. É preciso saber quem somos em Cristo para então caminharmos para o padrão que a Bíblia nos ensina.

Porém, estamos acostumadas a nos “esconder” para caber em uma sociedade que nos diminui tanto e esquecemos que Deus levantou as mulheres para serem extraordinárias.

* AS MULHERES VIRTUOSAS NA BÍBLIA E NÓS *

Temos lindos exemplos na Bíblia de mulheres virtuosas, como por exemplo Rute, que foi uma das cinco mulheres citadas na genealogia de Jesus. Olhem a grandeza disso!

Além de Rute, temos também Ana, Maria, Sara e muitas outras, cada uma com suas características e histórias tão diferentes, mas com um princípio de temor a Deus tão similar.

Pensando bem, conseguimos ver outra semelhança em todas elas, que é o fato de não se sentirem prontas ou merecedoras daquilo que Deus as queria entregar, e é isso que acontece conosco até os dias atuais. Já repararam?

Muitas vezes não nos vemos como Deus nos vê, e por isso não entendemos tamanha virtude que está sobre nós. Preferimos nos esconder e nos manter na média, ao invés de procurar dentro de nós o que Deus nos entregou de melhor.

SABE DO QUE PRECISAMOS? Precisamos de mais ousadia. Acredito que essa seja a palavra. OUSADIA!

O que todas essas mulheres de destaque têm em comum (tanto na Bíblia quanto na nossa realidade atual) é a ousadia de aceitar aquilo que está sobre elas!

Hoje eu quero te convidar a refletir sobre aquilo que Deus colocou sobre você, e após identificar seu valor, quero que você reaja. É isso, tome coragem para ser aquilo que Deus te chamou para ser. Sem timidez, sem se esquivar ou sem se vitimizar. Reaja!

Jesus te chamou para ser uma mulher virtuosa, valorosa e extraordinária. Não negue mais isso. Se você ainda não se percebe como uma mulher valorosa, mais preciosa que um rubi, então peça a que Deus abra os seus olhos e te faça se enxergar com os olhos Dele.

O primeiro passo para ser uma mulher virtuosa é se ver como uma. Você é preciosa para Jesus, por isso, cuide do seu coração, cuide da sua mente, das suas virtudes e até mesmo das suas cicatrizes, pois delas sairão cura!

Termine este livro listando neste espaço abaixo quais as suas maiores virtudes. Leia-as todos os dias para nunca se esquecer.

Sobre a autora

Mharessa Fernanda Oliveira nasceu em Itabirinha, 19 de abril de 2002.

É atriz, cantora e dubladora brasileira. Ficou conhecida por ser a dublê das personagens de Larissa Manoela na telenovela Cúmplices de um Resgate.

Iniciou sua carreira como modelo, desfilando em diversas cidades para lojas e marcas locais. Foi a 1ª princesa dos concursos Miss Limeira e Miss São Paulo. Aos 6 anos de idade, passou a fazer ballet e street hip hop. Sua estreia na televisão foi em 2013, onde fez uma participação especial como a misteriosa Lola na telenovela Carrossel, do SBT. Em 2015, também no SBT, atuou como a dublê de Larissa Manoela e interpretou Fabiana em Cúmplices de um Resgate.

Desde criança, sempre foi muito comunicativa e amava fazer atividades relacionadas às artes. Começou como modelo e depois se dedicou na dança e teatro. Em 2017, Mharessa lançou seu primeiro single como cantora, a música chamada Tem Gente Assim, que se tornou um dos vídeos mais vistos do seu canal.

Dois anos depois, em 2019, lançou em parceria Bru Malucelli, o hit Te Ver É Poesia, que ultrapassa 150 mil visualizações. No Instagram, publica seus momentos especiais e mantém contato com mais de 6 milhões de seguidores.

A atriz também deu voz à protagonista Yi, na versão

dublada em português do filme Abominável, novo filme da Universal Pictures.

Hoje, Em 2022, ganha a sua primeira protagonista, Mirela, em Todas as Garotas em Mim, da RecordTV.

Fez filmes que hoje podem ser encontrados nas plataformas digitais. "A Garota Invisível" na Netflix e "Hora de Brilhar" na Disney+. Está, também, em outras produções mas que ainda estão em andamento e serão lançadas em breve.